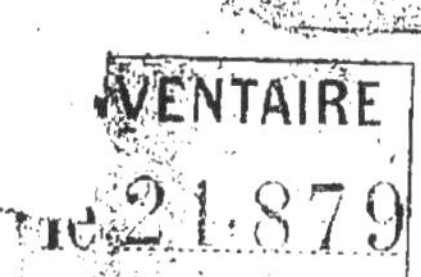

POÉSIES DIVERSES

PAR

E. FAILLY.

CHAUMONT,
IMPRIMERIE ET LITHOGRAPHIE DE VEUVE MIOT-DADANT.

POÉSIES DIVERSES

PAR

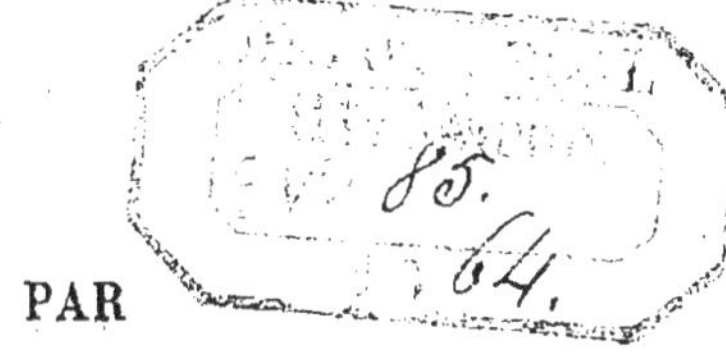

E. FAILLY.

1864

A MADEMOISELLE ***

Qui eut l'obligeance de m'adresser les ORIENTALES *de* VICTOR HUGO *et autres ouvrages.*

ACROSTICHE.

Fille d'Eve aux yeux doux où brille la tendresse,
Apportez à mon âme un rayon d'allégresse !
Il faut bien que ma muse, avec délicatesse,
Laisse échapper encor un mot de politesse :
Lire ce que vous aimez, c'est une douce ivresse ;
Y penser, c'est aimer le cœur qui me l'adresse.

A MADAME MARIE ***

Ah ! faites-moi rêver, pour qu'au bord du rivage,
Ma muse endolorie chante encore au bel âge !
Ah ! soyez Erato au Pinde couronnée,
Réfléchissant sur moi sa lyre d'azur ornée !
Il est beau de chanter : l'oiseau chante les fleurs.
Et le poète l'amour, ce tombeau des douleurs.

POÉSIES DIVERSES.

SOUVENIR.

—

A UNE ABSENTE.

Ma muse n'a point bu des eaux de l'Hippocrène ;
Pour faire un long chemin lui faut reprendre haleine ;
Mais pour chanter l'amour, — c'est un sujet si doux
Qui toujours la fascine, qui réchauffe sa veine, —
Qu'elle ne peut éviter le courant qui l'entraîne ;
Et ce qui l'inspire, c'est vous.

Oui, c'est vous ; car sitôt que l'aurore commence,
Que le soleil paraît à l'horizon immense,
Emportant de la nuit les étoiles loin de nous,
Qu'il dore de ses rayons l'herbe qui se balance,
Dans mon cœur brille alors un rayon d'espérance,
Et c'est au souvenir de vous !

Phébus marche à grands pas et le ciel devient noir,
Le soir vient, le hibou vole autour du manoir !...
O voiles de la nuit ! sur moi étendez-vous !
J'aime ce calme sombre... Vibre en moi, doux espoir !
Et Morphée m'attaquant, sans m'en apercevoir,
Mes dernières pensées sont pour vous.

Tout me sourit : les ondes, les amours et les roses,
Les frêles myosotis aux fleurs demi-closes
Qui savent consoler les âmes en courroux.
Et lorsque je contemple seul, toutes ces choses,
D'amères pensées m'absorbent ! Mais quelles en sont les causes?
Si j'avais un regard de vous !

Je vois sur la montagne, aux champs et dans la plaine,
Sur le bord du ruisseau de la claire fontaine,
Mille trésors enchanteurs qu'on peut partager tous.
Trésors de la nature !... Ce spectacle m'entraîne ;
Mais hélas ! il ne fait qu'adoucir peu ma peine,
Car je suis séparé de vous !...

Bricon, septembre 1862.

PAR LE FROID.

Voici les aquilons avec leur froid cortège
Qui sévissent sur nous, et le givre et la neige
Tapissent le coteau ;
Les charmilles noircies ne donnent plus d'ombrage ;
Les arbres séculaires ont perdu leur feuillage
Qui protégeait l'oiseau !

Plus de courses aux champs, de jeux sur la montagne ;
Le ruisseau, serpentant au loin dans la campagne,
N'a plus le murmure doux ;
La glace l'interrompt dans sa course rapide ;
A ses bords ne vient plus la jeunesse candide
Se donner rendez-vous.

Adieu, vallons fleuris ! adieu vertes prairies !
Adieu, bosquets témoins de galantes causeries !
Adieu, sombre forêt !
On ne vient plus alors respirer sous vos branches
Où l'été la fillette au cœur pur, aux mains blanches,
Vous confiait un secret !

Alors, plus de zéphyrs aux ailes azurées ;
Plus d'oiseaux se jouant ; les frimas, les gelées
Ont menacé nos fleurs, —
Simples fleurs qui, naguère, ornaient notre fenêtre,
La noyaient de parfums ; — alors elle va paraître
Un soupirail en pleurs !

A cet aspect pourquoi verserions-nous des larmes ?...
Ce tableau, toutefois, est encor plein de charmes.
Ne vivons-nous qu'un jour ?
Le printemps nous offrit des jouissances profondes :
Nous avons eu les brises, le feuillage et les ondes :
Chaque chose à son tour.

Et Dieu l'a voulu tel. Il dit à la nature :
« Marche, agis, et voici la route la plus sûre. »
Devant sa volonté
Il faut nous incliner. O volonté profonde !
Qui soudain de son bras peut transformer le monde,
Puissante Majesté !!!

Maintenant au foyer, près du feu qui pétille,
Le soir, tous en rond, une même famille
Prend place avec bonheur.
Et tout en tremblottant, maintes vieilles grand'mères
Débitent quelques contes, parfois pleins de chimères,
Mais qui touchent le cœur.

On rit, on joue, on chante comme dans le feuillage
Chantait le jeune oiseau, et tous l'on partage
Mille amusements divers ;
Pour chaque âge un plaisir dans ces longues veillées,
Et bien des âmes sont par vous émerveillées,
Sombres nuits des hivers !

O vous, riches, puissants, vivant dans l'abondance!
Oh ! lorsqu'à votre porte un pauvre en l'indigence,
Le soir s'avancera,
Ne le repoussez pas ; écoutez sa prière ;
S'il a froid, s'il a faim, soulagez sa misère,
Et Dieu vous bénira !!!

Bricon, novembre 1862.

LES SOLDATS DU PROGRÈS.

C'est le clairon du coq qui sonne le réveil,
Les étoiles brillent encor sous les voûtes du ciel ;
Et déjà aux cités, comme une vague immense,
Tout bondit, tourbillonne et le travail commence.
Dans chaque logement une lampe s'allume ;
Car on est réveillé par le bruit de l'enclume.
Alors, tout court, va, vient et sillonne la ville :
Ce sont les travailleurs... Cette foule fourmille
Depuis l'aube du jour jusques au soir bien noir,
Tournant comme un liquide dans un vaste entonnoir !
Où va-t-elle cette masse à tous confondue ?...
Pourquoi est-elle ainsi aux faubourgs répandue ?...
Les soldats du Progrès ! on peut les voir à l'œuvre ;
Aux grandes expositions on admire leurs chefs-d'œuvre !
Remarquons la cité de monuments parée :
Telle qu'une prairie qui de fleurs est ornée,
Elle est belle, elle est riche ; on l'admire en silence ;
On contemple à la fois sa force et sa puissance...
Mais qui donc l'a rendue si noble et éclatante ?
Les soldats du Progrès ! Pour qu'elle fût imposante
Ils bâtirent en un jour ces palais où tout brille
Où tout frappe les sens, où l'or aux yeux scintille...
Ils ont peuplé aussi nos musées de tableaux
Qu'on respecte et vénère comme de vieux drapeaux.
Ce furent eux qui posèrent les pavés de nos rues,
Et élevèrent ces tours s'élançant vers les nues ;
Ils créèrent les machines, les vaisseaux, les canons,
Les colonnes immortelles près desquelles nous pleurons...
Ce sont donc des héros... héros de l'industrie,
Car leur intelligence enrichit la patrie !
Ils sondent habilement les entrailles de la terre :
Que de trésors ils trouvent au sein de cette mère !
Ces trésors se répandent en masse sur le monde,
Comme le miel si doux qui dans la ruche abonde.

Ils ne font point de guerre sans un entier succès :
Honneur ! trois fois honneur aux *Soldats du Progrès !*
. . . .
Oh ! puissent-ils vivre heureux et vivre bien longtemps,
Pour offrir à la science leurs labeurs éclatants !

Bricon, décembre 1862.

A L'OCCASION DU JOUR DE L'AN.

—=—

Comme au vent des tempêtes
Le flot est dispersé,
Un année sur nos têtes
Promptement a passé.
Elle plana sur le monde
Telle qu'un éclair de feu,
Telle qu'un zéphyr sur l'onde...
Oh ! disons-lui adieu !
D'une autre elle est suivie...
Qui pourrait l'arrêter ?
Au cadran de la vie,
C'est une heure à compter.
Salut ! nouvelle année !
Et dès ton premier jour,
Apparaîs couronnée
Comme un ange d'amour !
Apporte l'espérance
Dans le cœur attristé,
Pour tous, l'abondance
Et la prospérité.
Toi, sombre passagère
Qui nous serres en ton lien,
Du bien que tu peux faire,
Pourquoi ne dis-tu rien ?...
....
C'est un profond mystère
Qui n'est point éclairci
Par les grands de la terre !
Mais Dieu l'exige ainsi.
Oh ! que tu sois féconde
Et fertile en travaux !
Des pauvres de ce monde

Apaise tous les maux !
Démontre que l'orgueil,
La sotte vanité,
Auront place au cercueil
Pendant l'éternité !...
« Qu'elles soient pleines nos granges
« Par la future moisson ;
« Que les sucs des vendanges
« Circulent à foison ,
« Point de deuil, mais fête,
« Plaisirs éblouissants. »
Voilà ce que je souhaite
Aux petits comme aux grands.

Bricon, 1er *janvier* 1863.

POUR LES PAUVRES.

ODE.

(Caritas invocationis).

Dieu qui créa le monde nous a dit : Soyez frères ;
Vous n'aurez à subir ni peines, ni misères
Sous le rideau du ciel,
Si vous vivez en paix comme de doux apôtres,
Et si vous vous tendez toujours les uns les autres
Un bras tout fraternel.

La vie est si aride, si sombre et si précaire ;
Ce n'est qu'un court passage que nous avons sur terre .
Pourquoi tant d'envieux ?
Richesse est-elle bonheur ?... Se montrer égoïste,
C'est enfeindre les lois du sage évangéliste
Qui voit du haut des cieux.

O vous ! vers qui tourna la roue de la fortune,
Qui ne connaissez point les coups de l'infortune,
Vous avez ici-bas
Des frères dénaturés tant ils sont misérables ?
Ils manquent souventes fois de vivres sur leurs tables ;
Ne les maudissez-pas !

Ne les maudissez-pas !... Car ils ont l'âme bonne ;
Ce n'est qu'en rougissant qu'ils demandent l'aumône :
Pauvres infortunés !
Pour eux, pour eux, grand Dieu ! la nature est marâtre :
Fait-il froid, pas de feu, car le bois manque à l'âtre :
Donnez, riches, donnez !

Donnez aux malheureux, donnez sans plus attendre,
Pour qu'un ange radieux, l'humanité si tendre,
Vous offre un beau renom ;
Donnez, pour que le pauvre à genoux sur la pierre
Parle tous bas de vous, pour que dans sa prière
Il mette votre nom !

Donnez pour dissiper maintes querelles vaines ;
Pour que dans bien des cœurs ne germent plus les haines ;
Donnez, donnez à tous !
Donnez, pour que le ciel admire vos largesses,
Pour qu'il vous récompense, pour que de vos richesses
On ne soit plus jaloux !

Donnez, pour que sur terre où tant de luxe brille,
Chaque pauvre, le soir, rentrant dans sa famille
Voie ses petits enfants
Accourir aussitôt qu'il entr'ouvre sa porte,
Et, jetant leurs regards sur le pain qu'il apporte,
Sourire tout rayonnants !

Donnez au prolétaire qui vient à votre table ;
Présentez-lui soudain votre main secourable ;
Ouvrez-lui votre cœur ;
Du malheur l'accablant, votre vue le console ;
Il dit : *Pitié de moi* ! En donnant votre obole,
Vous prêtez au Seigneur...

Bricon, février 1863.

LES BIENFAITS DU PRINTEMPS.

—=—

On rajeunit aux souvenirs d'enfance,
Comme on renaît au souffle du printemps.
(BÉRANGER).

L'hiver nous a quittés, ce passant solitaire
Aux froides ailes grises qui souffle les autans ;
Phébus de ses rayons va réchauffer la terre,
Qui redevient féconde au retour du Printemps.

Dans l'éternel azur, l'alouette timide
Fait retentir ses chants !... ils chassent l'aquillon ;
Et Chloris au front pur, au souffle moins aride,
Vient protéger la fleur qui éclot au vallon.

Nos bois vont reverdir... les coteaux et les plaines,
Comme un brillant tapis, s'émailleront de fleurs ;
Les frêles myosotis, aux rives des fontaines,
Souriront à nos yeux, parleront à nos cœurs !

La légère hirondelle, aux lieux qui l'ont vue naître,
Rebâtira son nid, par elle tant aimé ;
Et tous les beaux lilas aux jardins vont renaître,
Exhalant dans les airs leur parfum embaumé.

O blanche paquerette qui nais dans la prairie,
La jeune jouvencelle, belle comme le jour,
Va venir t'éffeuiller... à son âme attendrie
Tu diras le secret si doux de son amour !

O printemps ! si fécond, si noble en ta parure,
Nous aimons contempler tes ravissants trésors ;
Nous aimons les ruisseaux à l'onde calme et pure
Où les nymphes des champs se mirent sur les bords.

Nous aimons tes soirées si douces et si sereines
Où tout est silencieux, calme comme la nuit ;
Nous aimons respirer des zéphyrs les haleines,
Agitant le feuillage avec un léger bruit.

O poëtes ! inspirez-nous ; que votre muse sage,
Qui toujours sait charmer, s'abreuve dans les champs,
De concert avec vous, les pinsons au bocage
Et l'insecte sous l'herbe chanteront le printemps !

Tout obéit soudain aux lois de la nature ;
Tout rayonne, sourit, les brises, les oiseaux ;
La vague de la mer apaise son murmure ;
La lune étincelante en argente les eaux

De la nature, ô Dieu ! on bénit l'œuvre auguste !
Elle enfante l'espoir... l'espoir, c'est le bonheur !
Ces dons répandus sont la preuve la plus juste
Que nous devons aimer, honorer son auteur...

Bricon, 23 *mars* 1863.

CONSEILS A LA JEUNE VILLAGEOISE.

—=—

PRÉLUDE.

—

Grâce au concours d'hommes intelligents et dévoués qui, par le zèle qu'ils ont apporté pour exciter les encouragements, l'agriculture, ceci est un fait incontestable, a fait depuis un certain temps d'immenses progrès dans nos régions. Encore quelques années d'émulation, et, comme nous devons l'espérer, elle ne laissera plus rien à désirer.

Mais voici la plus grande plaie de notre époque : La jeunesse dans beaucoup de nos campagnes, et notamment la jeune fille, lorsqu'elle a atteint l'âge où elle pourrait servir de compagne fidèle aux travailleurs des champs, se dégoûte de cette vie-là, et ne rêve plus que modes, romans, musique et mari citadin. C'est quelque chose, c'est juste ; mais ce n'est point du progrès en agriculture. En un mot, la jeunesse de nos jours tend à émigrer vers la ville. Elle ne comprend pas que si les cieux annoncent la grandeur de Dieu, — comme le dit le psalmiste, — la terre aussi doit raconter la gloire de l'agriculteur.

Ce sont ces considérations qui me portent à adresser aujourd'hui à la fille du village ces petits conseils d'ami.

Puissent-ils, au moins, porter leurs fruits, et avoir pour résultat de l'attacher au sol où elle est née !

A LA JEUNE VILLAGEOISE.

O fille du village, au regard si tranquille !
Crois-moi,
Ne quitte pas les champs ; des plaisirs de la ville
Ris-toi !

Dédaigne des cités tous ces attraits splendides,
Crois-moi ;
Il croît dans les sillons mille fleurs si candides
Pour toi...

Couronnes-en ta tête, et dans cette parure,
Crois-moi,
Chacun contemplera les biens de la nature
Sur toi.

Tout cœur sage, profond, qui au bien-être aspire,
Crois-moi,
Sera toujours jaloux d'avoir un doux sourire
De toi.

Oui, reste dans nos champs ; travaille-y sans cesse,
Crois-moi ;
Il est des heures de peines, mais un Dieu s'intéresse
A toi !

Le travailleur t'adore ainsi qu'une déesse,
Crois-moi,
Et par ta modestie il trouve une richesse
En toi.

Dans ses jours de tourments, dans ses jours pleins d'alarmes,
Crois-moi,
Il viendra, tendre cœur, le soir sécher ses larmes
Vers toi !

Si dans les champs fleuris il voit l'espoir le suivre,
Crois-moi,
C'est à ton souvenir ; triste en le verrait vivre
Sans toi.

L'on pourrait t'abuser par des propos flatteurs !...
Crois-moi,
Repousse ces attaques ; aux vaillants laboureurs
Fie-toi.

Au chemin de la vie est semée la douleur,
Crois-moi !
Et cependant tu peux arriver au bonheur
Par toi !...

Ma muse, au ton flatteur, ne vient point te surprendre,
Crois-moi ;
Elle est ta conseillère... qui peut mieux la comprendre
Que toi ?

Jeune fille, ces conseils, l'amitié les suggère,
Crois-moi ;
Après le créateur, l'objet que l'on préfère,
C'est toi !!!

Bricon, avril 1863.

LE MOIS DE MAI.

L'année d'un pas rapide passe, —
Les mois devant suivre leur cours , —
Lorsque Mai vient prendre sa place,
Nous jouissons de ces plus beaux jours.

Avec joie toujours on l'accueille...
De tous il est le plus charmant ;
Son souffle fait croître la feuille
Que zéphyr agite mollement.

Et pas un sentier sans verdure ;
Les prairies étalent leurs bouquets ;
Les bois ont repris leur parure ;
Les brises embaument des bosquets.

Le soleil, cet hôte fidèle
Aux tièdes et bienfaisants rayons,
Vient comme un ange qu'on appelle
Pour vivifier tous les sillons.

Du matin la rosée féconde
S'épand sur les jeunes épis ;
L'herbe sur la montagne abonde
Pour donner à paître aux brebis.

Par un ciel pur, sans un nuage
Qui obscurcisse l'horizon,
Le rossignol sous le feuillage
Nous fait entendre sa chanson.

L'hirondelle, à notre croisée,
Nuit et jour veille sur le nid
Où grandit la jeune couvée,
Que Dieu protège et qu'il bénit !

La ville semble une fournaise,
Malgré ses somptueux attraits ;
On respire mieux à son aise
Assis sous les ombrages frais.

Plus d'une belle à la main blanche,
A sa fenêtre au point du jour,
Voit plantée une verte branche :
C'est un témoignage d'amour....

Venez, ô riante jeunesse !
Folâtrer sur le vert gazon ;
Tous vos chants de vive allégresse
L'écho les emporte au vallon !

De plaisirs vous êtes avides,
Vous, cœurs volages de seize ans...
Egayez vos âmes candides :
Vite s'écoulent les printemps !

O mois de mai ! toi qu'on préfère
A tous, — avec juste raison, —
Que n'es-tu sur notre hémisphère
Pour une plus longue saison !!!

Bricon, Mai 1863.

L'ÉCHO DU VALLON.

Pas un léger nuage n'obscurcissait les cieux.
Le soleil réchauffait de ses rayons radieux
Cette plaine qui, naguère, de neige était couverte,
Et qui alors mettait sa grande robe verte.....
Et je me promenais au pied de la montagne,
Admirant les beautés que m'offrait la campagne :
Tous ces arbres en fleurs... La verdure du sillon
Se déroulant au loin dans un riche vallon.
Je voyais en tapis mille fleurs nouvelles,
Ecrasées par les pieds si mignons de nos belles ;
La prairie s'émaillant, et la sombre forêt
Qui fut souvent témoin d'un bien tendre secret ;
Le ruisseau serpentant, à l'onde si limpide,
Où se mire chaque jour la jeunesse candide.
J'admirais tout enfin: la fauvette si douce
Qui pour bâtir son nid portait des brins de mousse
C'était la création dans sa magnificence ;
C'était Dieu qui m'ouvrait son grand champ de la science !
Et cependant j'étais, nonobstant ce tableau,
Triste comme un Cyprès sur le bord d'un tombeau.
Je ne goutais à cela aucun charmant attrait :
L'amour, furtivement, me perçait de son trait !
Mon cœur parlait tout haut, dévoilait mon chagrin...
Et l'écho l'emportait au rivage lointain...
Et l'écho l'emportait !... jusqu'à moi vint un bruit ;
J'écoutai, j'entendis une voix qui me dit : —
« Pourquoi rester ainsi morose et solitaire ?
« Hélas ! il est pour toi une âme douce et chère ;
« C'est un ange aux yeux bleus ; naïve, jeune encore,
« Elle est fraiche et légère comme un souffle d'aurore...
« Mais ne la trompe point par un discours flatteur !

« Offre lui ton amour sincère, et que ton cœur,
« Jaloux de ses vertus, lui soit toujours fidèle ! »
Son nom ? « Dis-je à l'écho » Il répondit : c'est elle...
Elle! le but recherché de ton doux avenir;
Tes yeux la voient partout, tout en voulant la fuir !

TOUT ME PARLE AU CŒUR.

IDYLLES.

Ah ! qu'elles sont douces les haleines
Des zéphyrs aux ailes d'azur !
Mais à l'amant qui a des peines
Quel remède apporte un ciel pur
Et toutes ces nuits si sereines ?

Le vent du ciel :
Elle pense à toi !
Elle pense à toi !

Mettez vos parures gentilles ;
Chaque soir, riez, chantez,
Dansez en rond sous les charmilles
Avec les cœurs que vous aimez :
Je soupire seul, ô jeunes filles !

La brise des montagnes.
Elle pense à toi !
Elle pense à toi !

Vieux chêne, répands ton ombrage
Sur la tête des amoureux ;
Mets-les à l'abri de l'orage
Qui gronde à la voute des cieux !
Naufragé, je cherche une plage !...

Le bruit de la forêt :
Elle pense à toi !
Elle pense à toi !

Grand Dieu ! que de plaisirs possibles
Dans la prairie aux mille fleurs ;
Aussi que d'entretiens paisibles
Qui vous touchent, ô bien tendres cœurs !
A mes peines soyez sensibles !

Les fleurs des prés .
Elle pense à toi !
Elle pense à toi !

Chacun s'égaie dans le village
Par l'amour et par les chansons :
Regardez sous le vert feuillage
Se jouer les jeunes pinsons...
Moi je rêve assis sous l'ombrage !

Les oiseaux dans les nids :
Elle pense à toi !
Elle pense à toi !

Tel qu'un proscrit, ô deuil amer !
Gémissant sur un rocher noir,
Et contemple l'immense mer
Qui lui donne encor quelque espoir
De revoir ce qui lui est cher !!!

L'hirondelle à ma fenêtre :
Elle pense à toi !
Elle pense à toi !

Bricon, juin 1863.

LA PRIÈRE DU PAUVRE.

CHANSON.

I.

Riches puissants, vous êtes sur la terre
Pour vivre heureux sans plus vous inquiéter
Si, près de vous se loge la misère,
Cruel fléau ! qu'il faut bien supporter !
Hélas ! le pauvre courbé sous la souffrance
Peut, comme vous, être un homme de bien !
Croyez-moi, soyez bons, riches dans l'opulence ;
Faites l'aumône à celui qui n'a rien !

II.

De mets exquis vous chargez votre table ;
Nous, bien souvent, nous n'avons pas de pain.
Vous savourez un nectar délectable ;
De l'eau bien claire, et voilà notre vin !
Vous êtes heureux au sein de l'abondance ;
A votre porte pleure un pauvre chrétien...
Croyez-moi, soyez bons, riches dans l'opulence :
Faites l'aumône à celui qui n'a rien !

III.

Contraste affreux ! tout brille en vos demeures;
Sur le duvet vous couchez mollement ;
Pour reposer le pauvre, quelques heures,
A pour rideau le vaste firmament.
N'ayez donc plus autant d'indifférence !
C'est en pleurant qu'il invoque un soutien...
Croyez-moi, soyez bons, riches dans l'opulence ;
Faites l'aumône à celui qui n'a rien !

IV.

Je me demande : A quoi sert votre orgueil ?
Pourquoi ce luxe et cette vanité ?...
Vous descendrez comme nous au cercueil
Pour y rester durant l'éternité !
Dieu offrira sa juste récompense ;
Il punira le mauvais citoyen...
Croyez-moi, soyez bons, riches dans l'opulence ;
Faites l'aumône à celui qui n'a rien !!!

Bricon, Juin 1863.

A un cœur qui pourra me comprendre

—=—

DANS LA SOLITUDE.

ACROSTICHE.

—

J'aime admirer l'azur sublime et majestueux,
Et contempler en paix les merveilles des cieux !
Pour mon cœur en émoi, c'est un soulagement
Eloignant mes pensées sombres pour un moment.
N'aurais–je pas encor droit à quelques beaux jours ?
Serais-je abandonné, là, seul et sans secours?
Et dans la solitude dois–je passer ma vie,
Tout entière, sans avoir ce que mon âme envie ?...
Oh ! c'est ainsi qu'au ciel chaque jour je m'adresse !
Une voix me répond : — A toi je m'intéresse ;
Je suis l'ange radieux qui calme la souffrance,
Ouvrant mon cœur à tous ; oui, je suis l'Espérance !
Une part de bonheur sur toi doit se répandre ;
Réjouis-toi, console-toi, et sache encor attendre ;
Surmonte bravement les tourments des amours ;
A tout mal un remède ; et rêve d'heureux jours !
Vous, votre image, alors, paraît à ma mémoire...
O voix consolatrice ! et en qui je dois croire,
Use encor ton flambleau pour éclairer mes pas ;
Seule tu peux me guider, ne m'abandonne pas !

II.

O nuages légers qui passez sur nos têtes !
O vents qui nous soufflez d'effroyables tempêtes !
    O zéphyrs amoureux !
Oh ! dites-moi si celle que j'adore moi-même
Ne serait point ingrate, si de l'âme elle m'aime ;
    Vous me rendrez heureux !!!

Bricon, juin 1863.

AUX PETITS ENFANTS.

(Amet mundis et pulchros benedicat ephebos.)

Ma muse chante vos louanges,
Jeunes enfants, beaux petits anges,
Aux regards brillants, radieux,
Semblables à l'azur des cieux !
La vie est belle à son aurore...
Vous ne connaissez point encore
Du monde les tristes rumeurs,
Les agitations, les clameurs !
Le souffle glacé des tempêtes
Passe et ne frappe point vos têtes ;
De haine vos âmes sont pures,
Mignonnes et frêles créatures !...
Oh ! tant mieux ! jouissez à votre âge
De ce que Dieu donne en partage ;
Sur vous il répand ses bienfaits :
Petits enfants, jouissez en paix !
Sur vous voltigent les amours ;
Leurs douces ailes de velours,
Le soir, planant sur vos berceaux,
Les couvrent comme un nid d'oiseaux.
Avant de fermer vos paupières
Votre voix appelle vos mères,
Qui viennent prier près de vous
Pour que votre sommeil soit doux,
— Aussi doux qu'un parfum de roses, —
Et sur vos lèvres demi-closes
Que Morphée bientôt va fermer,

Elles épanchent un dernier baiser
Pour vous, toutes les nuits sont calmes,
Ainsi que le fond de vos âmes ;
Pour vous, rien que songes dorés :
Tant mieux, ô enfants adorés !

....

Mais voici qu'apparaît l'aurore...
Sur son char que le soleil dore,
De la nuit, soulevant les voiles,
Elle emporte au loin les étoiles...
Alors, quittez votre chambrette ;
Allez trottiner sur l'herbette ;
Etalez à l'ombre des ifs
Vos petits jeux inoffensifs !
Sachez-le bien, l'on vous admire ;
Vos mères, riant d'un doux rire,
Suivent des yeux vos pas rapides,
Jalouses de vos grâces candides !
Pour vous, aucun chemin fatal :
Dieu sait vous détourner du mal...
Restez ainsi, jeunes amours ;
Aimez-vous bien toujours, toujours !
Car dans notre siècle, grand Dieu !
Bien des hommes s'aiment si peu !
Votre vie est d'heureux présage,
Puisqu'aux heures de votre jeune âge,
Vous offrez, — sans ostentation, —
De doux exemples d'affection !

....

Ceci est digne de louanges,
Jeunes enfants, beaux petits anges
Qu'on dirait envoyés des cieux !
Puissiez-vous sur terre être heureux !!!

Bricon, juillet 1863.

LE RETOUR AU VILLAGE.

ELÉGIE.

Oh ! quelle douce jouissance
On sent dans l'âme s'épancher,
Lorsqu'après une longue absence
On vient revoir le vieux clocher
Qui brava les vents et l'orage,
Que les hivers ont épargné,
Qui domine sur le village,
Sur le toit noir où on est né !

Un paysage se dessine,
Doré par le soleil couchant ;
O bonheur ! voici la colline,
Le village est sur son penchant !
Le berceau de sa tendre enfance,
On le quitta, mais en pleurant ;
On en a gardé souvenance...
On pleure encor y revenant.

Car tout dans votre âme rappelle,
Réveille un souvenir bien doux :
On va revoir l'ami fidèle,
On va l'embrasser à genoux...
On aperçoit les bois, la plaine :
Là on folâtrait à seize ans ;
On aimait Clarisse... Madeleine...
Amour effacé par le temps !

Le jour qui ramène au village
Est vraiement un jour de bonheur.
Tel un marin qui voit la plage
Sent tout-à-coup battre son cœur.
La sœur, le père, la vieille mère,
Les retrouver, quoi de plus doux ?...
Notre douleur fût tant amère
L'orsqu'il fallut se quitter tous !!!

Mais bien des compagnons d'enfance,
Oh! pour toujours sont exilés,
Car Dieu par sa juste puissance,
Près de lui les a rappelés !...
On s'agenouille sur leur tombe
Recouverte par la gazon.
Et des yeux une larme tombe :
Point de plus touchante oraison !!!

Bricon, août 1863.

CHANT D'AUTOMNE.

Ut ver sic dies hilares automnus habet.

—

L'été s'enfuit... voici l'autonne
Offrant ses trésors, ses beaux jours.
Adorons Vertumne et Pomone,
Ces Dieux si chéris des amours.

O Flore ! ton haleine légère
N'agite plus nos jolies fleurs
Qui s'emblaient sourire à la terre,
Comme l'amour sourit aux cœurs !

Sur le lys blanc et sur les roses
L'abeille a pu cueillir son miel...
Toutes ces fleurs, à peines écloses,
Se sont envolées vers le ciel.

Cérès, à la main généreuse,
De tous à bien payé les maux ;
Par profusion, la glaneuse
Trouva l'épi par monts et vaux.

Le blé se presse dans les granges. .
Tout le monde en profitera ;
Bientôt s'ouvriront les vendanges ;
Le vin à grands flots coulera.

O bonheur! partout l'abondance!
Les arbres sont chargés de fruits...
De la terre, la Providence
Toujours sait bénir les produits.

Le laboureur, avant l'aurore,
Part aux champs pour semer le grain;
Jusques au soir il sème encore :
Que son travail ne soit pas vain !

Le chasseur explore la plaine...
Oiseaux fuyez ! gare au combat !
Il revient la bourriche pleine :
Pauvre gibier, comme il t'abat !

Sous le vieil ormeau du village,
Dansez, fillettes et garçons !
Quoiqu'il soit jauni le feuillage,
La musette a d'aussi doux sons.

Gais habitants de la campagne,
Livrés à de rudes travaux,
En automne sur la montagne
Prenez donc un peu de repos.

Elle est encor fraîche la mousse :
Sur ce tapis asseyez-vous.
Du soir la brise est encore douce :
Vous pouvez la respirer tous !

L'Été s'enfuit... voici l'Automne
Offrant ses trésors, ses beaux jours,
Adorons Vertumne et Pomone
Ces Dieux si chéris des Amours !!!

Bricon, 25 *septembre* 1863.

AU COIN DU FEU.

Borée aux pieds légers, n'a plus le souffle doux,
Les soirées sont brumeuses ;
Bientôt les nuits d'hiver vont ouvrir sur nous
Leurs ailes ténébreuses !

Sur le gazon fleuri la rosée n'étend plus
Ses larmes toutes blanches...
Plus de soins aux parterres ! ils seraient superflus...
Plus de feuilles aux branches !

Adieu, riants bosquets où se penchaient les fleurs
Aux lèvres embaumées !
Adieu rives des bois, souriantes aux cœurs,
O rives parfumées !

....

Tu ne retentis plus, doux échos des vallons,
Toi, dont la voix sonore
Répétait à mon âme passant sur les sillons,
Un nom que j'aime encore !...

Oh ! ce n'est plus la brise dans l'azur se jouant
Qui effleure l'onde pure
Du ruisseau dans la plaine au loin se déroulant
Avec un doux murmure !...

Le pinson qui, l'été, gai et coquet oiseau,
Chantait sous le feuillage,
A quitté nos climats... Il revient le corbeau
Au lugubre plumage.

36

Il revient... De l'hiver sinistre avant-coureur,
Il nous chante la neige :
Rentrons donc au foyer, car la bise fait peur ;
Le coin du feu protège.

Rentrons donc au foyer... le ciel est froid et noir
Et la vitre se mouille ;
Tout près du feu l'aïeule, sombre comme le soir,
Vient parer sa quenouille.

La belle jeune fille à la lèvre de feu,
A l'œil brillant de flamme,
Est assise, pensive, soupirant quelque peu,
Comme soupire une âme.

La flamme qui pétille, pour l'aïeule et l'enfant
Est salutaire et douce :
Tel nous voyons le nid de l'oiseau tremblottant
Abrité par la mousse.

Et comme aux plus beaux jours du printemps embelli
De sa noble parure,
Chantons au coin du feu... mais sans mettre en oubli
La pauvre créature !...

....

Oh ! puisque de Phébus les obliques rayons
N'échauffent plus la terre ;
Puisque sur tous les toits fondent les aquilons,
Pitié du prolétaire !

Pitié du prolétaire qui, au bord du chemin,
Quand vient le soir frissonne ;
Comme la feuille au vent on voit trembler sa main
Implorant une aumône.

....

Et vous, jeunes enfants qui dansez et riez,
Vous, à l'âme si tendre,
Le soir au coin du feu pour le pauvre priez ;
Dieu saura vous entendre...

Oui, Dieu vous entendra !... Chantez donc ses bienfaits,
Ses divines louanges,
Pour qu'en vos lits légers vous dormiez tous en paix
Du sommeil des anges !!!

Bricon, novembre 1863.

E. FAILLY.

Chaumont, Imp. et Lith. de veuve MIOT-DADANT.

www.ingramcontent.com/pod-product-compliance
Ingram Content Group UK Ltd.
Pitfield, Milton Keynes, MK11 3LW, UK
UKHW020952220726
13924UKWH00002B/641

9 782019 222185